Benjamin K Hewett

A Dennis, qui a pris le temps d'apprendre à un jeune
analyste de programme bagarreur à jouer au cricket.

Aussi à la famille Pinier, pour l'encouragement avec la
traduction française.

1

L'ÉVEIL

Avec du recul, ce n'était pas vraiment mon meilleur pari. Une partie de fléchettes peut devenir une question de vie ou de mort quand on parie son dernier penny. Et si vos gosses ont faim. Et si tout ce que vous avez à vendre est un maudit anneau dont personne ne veut sauf le type à qui vous l'avez volé.

Bon, donc les choses tournent mal.

Bon.

Ma première erreur était de ne pas avoir cadré les joueurs. Je vérifie toujours le jeu du donneur pour voir s'il y a des coins qui dépassent. J'observe toujours le concurrent prendre son siège. Tire-t-il bruyamment sa chaise, ou s'y glisse-t-il avec un murmure de cape ? A-t-il sur lui de l'argent sale gagné à un match ? Les détails sont importants.

Même les meilleurs arnaqueurs se trahissent, si on sait bien y regarder.

Prenez Lucinda. Une beauté sans cervelle ? Faux. Elle se tient toujours du côté de la bourse.

Lucinda travaille ici au Chat Noir. Elle fait la serveuse quand il n'y a pas de riches à détrousser. Ca veut dire qu'elle fait la serveuse le soir, vu que les cossus fréquentent rarement ce quartier d'Ector à la nuit tombée. Elle a la main leste, pas de doute là-dessus.

Mais ce n'est pas que de Lucinda dont il faut se méfier. Personne ici n'a pas un vice ou trois. Pétri est recéleur et bookmaker. Markel est ivrogne et nudiste occasionnel. Barkus mène une troupe de mendiants louches. Et je ne vous parle même pas de ce que Tom-le-Pâle fait pendant ses heures perdues.

Mais comme je n'ai rien de valeur ce soir, Lucinda est plutôt une alliée qu'une ennemie. Mon sac est à la rue de la Lanterne, éparpillé sur tout le troisième étage de la grande maison noire. Disons que l'argenterie et les reliures en cuir ne valaient pas la peine de ralentir ; surtout après m'être rendu compte que Tom-le-Pâle s'était déclaré maître des lieux. Au premier soupçon de son haleine de couteau de boucher, j'étais passé par la fenêtre du troisième étage et j'avais longé le rebord en stuc. Mon sac n'allait pas pouvoir faire ça, pas à temps ; voilà pourquoi il avait donc décidé de rester là-bas.

Et j'avais sans doute laissé une fenêtre ouverte, ce qui n'est pas très professionnel.

Bon, je ne suis pas là pour manger, dormir, ni parler de fenêtres ouvertes à la pluie. Je suis là pour voir Pétri et acheter du pain pour mes gosses, selon ce qu'il voudra bien me donner pour l'anneau.

Il tapote sur le bar vernis quand j'arrive. Quand il n'est pas sous terre, Pétri s'occupe du robinet à bière et tient les comptes. Il est fort avec les chiffres. Ses yeux dérapent sur l'anneau noir dès que je le pose sur le comptoir, comme du savon sur un sol en pierre. Code de recéleur pour « pas intéressé ».

Je le remets dans ma poche. Encore un soir affamé.

- Salut, Théo, dit-il. Griphurk vient jouer aux fléchettes. Tu vas mettre combien ?

Je souris avant de me souvenir combien mes poches sont minces. Il faudrait être idiot pour parier contre Griphurk, mais apparemment quelqu'un l'a fait.

Griphurk ne veut pas l'admettre (un regard vraiment méchant apparaît dans ses yeux porcins quand on le lui demande), mais il est à moitié gobelin des grottes. Je le vois planté près de la cible du jeu de fléchettes, attendant, plongé dans sa bière, bandant ses longues mains comme des griffes. Il sourit en entendant un commentaire à la table d'à côté et dévoile des incisives plus longues et plus pointues que la normale. Puis le sourire disparaît et ses lèvres recouvrent les dents, se boursouflant légèrement en les dissimulant. Gobelin, ça veut dire bon aux fléchettes.

Il réussit le loop trois fois sans faute dans un jeu de Loops and Bumpers. Au Cricket, il a 150 points d'avance sur moi avant même que je finisse quatre sets. La vérité, c'est que Grippy est le roi des fléchettes à Ector. Il peut déchiqueter un plateau en trois volées, si c'est le but du jeu. Quand la fumée de la pièce devient si épaisse que Barkus doit la faire sortir à la louche par la fenêtre, Griphurk continue à trouver le mile. Quand la façade ouest est ratissée par une bagarre à tout va, Griphurk reste concentré. « Faut que ch'finiche la partie » croasse-t-il, et un demi de potion à faire dormir le ralentit à peine.

Seuls Tom-le-Pâle et Carmen sont de dignes adversaires. Je parierais que Tom-le-Pâle y arrive simplement en faisant peur aux fléchettes pour qu'elles fassent ce qu'il veut. Il fiche tellement la frousse quand il arrive le soir, en se dirigeant comme un fantôme vers son coin habituel dans sa grande cape noire à capuchon qui absorbe la lumière comme la paroi intérieure des intestins d'une chauve-souris.

Carmen y parvient avec la main habile d'une couturière ; main qu'elle s'est faite grâce à toute la broderie élaborée qu'elle vend aux femmes assez courageuses pour fréquenter la basse ville d'Ector. Elle a sa boutique juste à côté parce que le loyer est moins cher et qu'elle ne peut rien se payer au nord de King's Gate, mais il y a peut-être d'autres raisons. Personne ne pose de questions.

Carmen a des cheveux roux et bouclés qui lui tombent sous les épaules, et un beau visage que je pourrais dessiner toute la nuit. D'habitude, je la regarde comme je regarde tout le monde : depuis la poutre en travers du pilier central, lorsqu'elle ne me demande pas de descendre de mon perchoir pour jouer un match amical avec elle. Cette poutre est l'endroit le plus sûr de la maison, moins la fumée, vu que je suis le seul qui puisse y monter sans échelle.

Pétri tend le bras par-dessus le comptoir et m'enfonce le doigt dans le bras.

- Eh, Thé-au-lait, j'te cause !

- Aïe.

Je me frotte le bras.

- Qui est le concurrent ?

Je sais que ce n'est pas Carmen. Ces dernières semaines, elle travaille tard le soir pour une commission, et Tom-le-Pâle est certainement en train de ranger le bazar que j'ai laissé au troisième étage de sa nouvelle maison. Ou bien le bazar qu'il a laissé chez quelqu'un d'autre.

- Ca a pas vraiment d'importance, Théo. C'est Griphurk.

Griphurk a bien choisi sa soirée. J'ai juré sur la tête de Pan de ne pas gaspiller ce penny.

- Si, ça a de l'importance.

Pétri montre du doigt la porte de la cave quand il me voit hésiter.

- Un gros type guilleret. Pas d'ici.

Pétri se frotte malproprement les mains sur le bar et se penche vers moi avec un clin d'œil.

- Il est descendu dans la cave à bière pour aider Lucinda.

- Ouah.

Pétri pense de toute évidence qu'il manque un boulon à l'étranger, et je n'en suis pas loin non plus. Il y a plusieurs raisons pour lesquelles Lucinda aurait pu demander à un étranger de monter des tonneaux de bière de la cave, et ni ma petite taille, ni la quille boiteuse de Pétri ne peuvent y figurer. D'abord, il fait plus sombre qu'aux portes de l'enfer là-bas dedans. Tout pourrait y arriver.

Barkus aurait pu virer sa pomme depuis bien longtemps, vu la manière dont elle dévalise les clients en pleine beuverie. Mais c'est l'une des rares à pouvoir tenir tête à la clientèle sans perdre la face. Bien entendu, il y a aussi d'autres raisons qui poussent à bien aimer Lucinda. Si les jolis mots et les belles formes vous laissent de glace, son côté sentimental vous fera céder : elle aura aussitôt fait de s'emparer de vos pièces pour les orphelins et les pauvres petits sans papas derrière votre dos. Tant pis si certains d'entre eux travaillent aussi pour Barkus. C'est l'intention qui compte, pas vrai ? En tant qu'acquisiteur moi aussi (le joli mot pour ce que je fais quand j'ai faim), je respecte ça.

Ca ne veut pas dire que je respecte le type qui emmène sa bourse dans une cave sombre avec elle.

Je fais glisser mon dernier denier sur le bar, appréciant la manière dont il grince sur le grain du bois. (Mon ventre proteste.)

- Je suis partant.

Pétri me regarde bien en face et sourit.

- Ca devrait pas prendre longtemps.

J'aperçois sa langue à travers l'espace entre ses deux dents de devant.

- Après ça, tu pourras te payer à manger et rentrer chez toi. A moins que tu aies d'autres affaires pour moi.

Je fais non de la tête. Il a déjà refusé ce que j'avais de mieux.

Il voit ensuite mon unique pièce.

- C'est tout, Théo ? Soirée Grippy et tout ce que tu as, c'est du poids plume ?

Le dédain de sa voix recouvre tout le comptoir.

Je hausse les épaules, gêné.

- J'ai laissé le reste à la maison.

Je ne dis pas quelle maison.

Pétri hoche la tête.

- OK... un queenpence sur Griphurk.

Il insiste bien sur la qualité et la singularité en marquant mon nom. La pièce disparaît dans la caisse du bookmaker.

- Tu devrais peut-être rouvrir l'ancienne boutique de ta femme, plaisante-t-il. Tu pourrais rapporter au moins deux fois ça en vendant des souliers de fortune aux pauvres sous Knight's Bridge.

Il rit de sa propre blague.

- Ouais, ça serait rigolo.

La boutique de ma défunte femme. Je sens la chaleur me monter au visage, mais je n'ai pas le luxe de pouvoir me le mettre à dos. C'est le meilleur recéleur d'Ector.

Boum.

Lucinda émerge de la cave, suivie d'un homme aux yeux du bleu le plus profond que je n'aie jamais vu. Il grimpe les deux dernières marches, insouciant du balancement des hanches de Lucinda, souriant comme un idiot alors qu'il porte deux tonneaux pleins de bière en équilibre sur une épaule et un troisième sur l'autre.

Lucinda s'écarte pour le laisser passer. Elle a le visage tout rouge et l'air agacé. Sa chevelure dorée est emmêlée et on dirait qu'elle n'a pas eu ce qu'elle voulait, bien qu'il porte la moitié de la cave à vin.

Il est grand, le teint mat, le menton volontaire (le type de menton qui ne disparaitrait qu'après des années de boulimie). Sa carrure d'armoire normande s'affine à la taille. Le plancher grince sous le poids combiné de l'homme et de l'alcool. J'entends sa respiration calme comme un soufflet qui fonctionne au ralenti, et le froissement d'un pantalon prêt pour une longue chevauchée. Ses cheveux bruns lui tombent en boucles humides à mi épaules encadrant un visage au nez moyen et aux yeux lumineux.

Il a une grâce que je n'avais pas remarquée du premier coup : un homme qui sait s'y prendre avec les armes. Il n'est pas félin, mais je vois en lui le contrôle et la puissance tandis qu'il dépose les tonneaux sur le comptoir pour Lucinda.

Si Grippy perdait avec qui que ce soit au premier coup d'œil, ce serait contre Yeux-Bleus.

- Y'a intérêt à droguer son verre, je murmure du coin de la bouche.

Pétri fait semblant de ne pas m'avoir entendu.

Yeux-Bleus n'a peut-être pas remarqué le déhanchement de Lucinda, mais il me remarque l'observer depuis mon perchoir fendu au bar. Il me fait un vague signe de la tête.

- C'est toi, Griphurk ? Il me tend la main pour se présenter.

- Thé-au-lait Trempé, dis-je sérieusement. Observateur passif.

- Magnus Palaïdus. Victime.

J'aimerais pouvoir dire qu'on se serre la main, mais en fait, c'est lui qui m'entraine.

- Tu es écrivain ?

Je ne peux pas m'en empêcher, ça sort tout seul. Le sourire de Yeux-Bleus gagne en intensité.

- Juste des caricatures des gens intéressants que je rencontre.

Ses sourcils me demandent comment je le savais. Je hausse les épaules :

- Le durillon sur ton majeur. C'est plutôt rare par ici.

Il y a un silence tandis que Yeux-Bleus examine son doigt, puis il pousse un petit rire.

- Ben dis donc !

Lucinda me passe une main crémeuse sur l'épaule. Je couvre ma bourse par instinct, oubliant qu'elle est vide.

- Théo est le meilleur acquisiteur du Chat Noir, dit-elle. A peine si on le remarque, mais il sait trouver une belle affaire au milieu d'un tas de faux.

Je souris, malgré sa main dans ma bourse vide. Ce sont là de gentils compliments, tout aussi peu mérités l'un que l'autre. Le visage de Magnus s'assombrit un instant.

- Je donnerai bien une poignée d'écus pour pouvoir correspondre à cette description.

Il indique les lignes des muscles sur mes avant-bras.

- Je parie que tu peux escalader des remparts dans le temps que ça prend à un Ténébreux de tirer son poignard.

Je tressaille. Son compliment me touche d'un peu trop près.

Magnus regarde dans le vide, revivant une de ses expériences.

- Juste au bas de la façade ouest de Byzantus, des flèches nous pleuvent dessus comme des grêlons.

Magnus n'offre pas d'autres détails et on ne lui en demande pas.

Lucinda me jette un regard nerveux. Quelqu'un qui quitte Byzantus de cette façon ne devrait pas s'arrêter à Ector. Il devrait continuer de courir jusqu'à ce qu'il ait dépassé au moins six fleuves.

- Je suis surprise que vous ayez bien voulu vous arrêter ici, le taquine Lucinda, mais son front trahit l'angoisse.

Magnus acquiesce, admettant qu'il a embêté les Ténébreux.

- Je suis fatigué. Mon cheval est fatigué.

Il s'étire le cou de chaque côté, jetant un coup d'œil autour de lui.

- Je préfère leur causer à l'intérieur que dans un campement sombre et boueux.

Sa main glisse inconsciemment sur le pommeau d'une énorme épée à sa hanche, puis son visage s'éclaire.

- Mais j'ai quand même une avance de douze heures.

Les yeux de Lucinda s'ouvrent en grand comme si on venait de lui donner une gifle. On ne rigole pas avec les Ténébreux. Personne ne rigole avec les Ténébreux. Et une avance de douze heures est loin d'être suffisante pour pouvoir leur échapper.

Je pose doucement mon verre d'eau tandis que Magnus descend sa choppe.

- Quelle est ta profession, Magnus ? je demande. Mercenaire ? Dentelier ? Percepteur d'impôts ?

Ce dernier est celui qui me plait le moins et le seul qui puisse être assez stupide pour s'en prendre aux Ténébreux. Magnus ricane.

- Soldat-prêtre. Père Jérémie m'a dit qu'il me fallait une année d'entrainement à juger les caractères avant d'être consacré.

Il tâte son durillon d'écrivain.

- D'où le durillon.

- Seulement une année ?

Pétri pouffe discrètement, mais il est à l'autre bout du bar maintenant, en train de servir un autre client et son incrédulité passe inaperçue.

- Qu'est-ce que tu vas écrire sur moi ? le taquine Lucinda.

- Je ne sais pas encore, répond Magnus. Père Jérémie voulait que je trouve un vilain, mais jusqu'à maintenant je n'ai pas encore trouvé de vrai vilain. Est-ce que tu es une vilaine ?

- Oui.

Magnus sourit.

- J'en doute. Tout le monde a un petit peu de bonté, Lucinda.

- Je te défie de trouver la mienne, dit-elle en flirtant. Je suis très vilaine.

Une mouche tournoie au-dessus de l'épaule nue de Lucinda. Elle s'apprête à la chasser, mais Magnus l'attaque lui-même à main nue, se penchant de très près pour l'attraper en plein vol. Les lèvres de Lucinda frémissent quand elle réalise à quel point il est proche.

Magnus rougit et se recule.

- Les mouches répandent des maladies.

- Pas de moi, dit-elle avec un clin d'œil.

- Non, pas de vous, acquiesce-t-il avec encore plus de gêne et de rougissement. D'autres personnes. D'autres maladies.

Il court presque vers la porte pour relâcher la mouche sous la pluie, comme si ça lui ferait du bien, après avoir été dans la paume de sa grosse main.

J'entends mon denier trembler de peur dans la caisse de Pétri. Même sans la précision de Magnus pour attraper la mouche, une envergure comme la sienne vaut une bonne poignée de points.

Lorsque la porte s'ouvre et que Magnus sort, Tom-le-Pâle entre et marque un temps d'arrêt pour regarder Magnus sortir. Magnus est énorme comparé à Tom, aussi éclatant que la cape de Tom est sombre. Tom ne dit rien avant de s'être séché un peu et se glisse vers l'endroit où une fois encore Pétri s'occupe de sa caisse de bookmaker.

Sa voix rauque de ténor me fait grincer les dents comme un clou sur de l'ardoise, et j'imagine qu'il me fait aussi un signe de la tête, bien qu'il parle à Pétri.

- On m'a dit qu'il y a une partie ce soir !

Pétri hoche la tête.

- Est-ce que cinquante kings suffisent pour participer ?

Pétri en tombe presque de son tabouret. La nonchalance de Tom par rapport à l'argent est presque aussi terrifiante que sa fascination pour la mort. Et si il apprend que Magnus est allé à Byzantus, il va y avoir du tracas, c'est certain.

- Bien s-s-sûr, Pétri pâlit un peu.

Je parie qu'il a envie de retirer son pari sur Grippy, mais une fois qu'on a parié, c'est fini.

Lorsque Tom-le-Pâle me regarde, j'essaie de ne pas croiser son regard, mais ce n'est pas facile. Ses yeux brillent comme des émeraudes sous son capuchon.

- T'as eu de la chance aujourd'hui, Thé-au-lait ?

- Non. Quelqu'un de plus éminent est arrivé avant moi.

Ma voix reste neutre.

- Et toi ?

- Bah.

Il tousse de manière équivoque.

- Ca me fatigue, tout ça.

Certains pensent qu'un homme qui peut vous prendre votre bourse n'est pas meilleur que celui qui vous plante un couteau dans le ventre. Mais je peux vous garantir que Tom et moi ne nous ressemblons absolument pas, et les gens qui disent ça n'ont certainement jamais rencontré un Ténébreux. Les Ténébreux peuvent ouvrir un rein sans que son propriétaire ne s'en rende compte. Ils ont des couteaux plus aiguisés que des rossignols qui nagent devant vos yeux et vous rentrent dans la cervelle sans laisser de traces. Bon, à part le fait que vous êtes mort, et tout ça...

L'hiver dernier, j'avais un client de la haute-ville qui avait envoyé des lettres embarrassantes et souhaitait les récupérer pour les détruire. J'ai passé la soirée à essayer de me faufiler par une tuile branlante dans le grenier du manoir et je venais juste d'arriver à la porte du bureau où il m'avait dit que les lettres se trouvaient, quand j'ai entendu un bruit : une respiration comme une scie sur les os. Je me suis faufilé derrière une armure juste à temps pour voir une silhouette dans une cape danser dans le couloir, presque joyeux : Tom-le-Pâle, sans aucun doute. Lorsque j'ai finalement eu le courage d'aller chercher mes lettres, je les ai trouvées éparpillées sur les corps de deux marchands et quatre gardes armés.

Tom-le-Pâle est le Ténébreux des Ténébreux.

Pétri connaît bien les Ténébreux, lui aussi ; c'est une chose qu'il ne fait pas trop savoir. Je me demande si c'est pour ça qu'il était si nerveux. Il prend la bourse de Tom sans un mot et Tom disparaît dans son fauteuil favori pour attendre que la partie commence. Pétri recompte deux fois et inscrit l'or sur son grand livre, la main tremblante. Personne ne triche contre Tom. « Quelle soirée », murmure-t-il.

2

LE JEU

J'expire calmement et je me retourne pour interroger Lucinda au sujet de son nouvel ami.

- Qu'est-ce que tu sais de Magnus ? je lui demande.

Lucinda rouspète au sujet d'un certain ordre de Paladins, mais sa grimace pour garder la face est ternie par quelque chose qui s'apparente au désir. C'est son regard à 18 carats. Elle ne me regarde jamais comme ça.

Pétri le remarque aussi. Il est en train de fouiner, bien entendu. Pétri est toujours en train de fouiner. Il est sur le point de prononcer une raillerie quand un des tonneaux de bière se met bizarrement à glisser du comptoir. Pétri et le tonneau se retrouvent par terre, avec Pétri en dessous. Le plus important, c'est que le tonneau ne se brise pas et que Pétri ne voit pas le sourire satisfait de Lucinda qui s'en va servir les tables.

Je détourne le regard. Ce n'est pas bien de regarder son bookmaker boiteux essayer tant bien que mal de se relever.

Magnus me rejoint au bar, déclinant l'invitation de la grosse Madame Boucher en me faisant signe. Le soulagement inonde le visage de Magnus quand la veuve le laisse partir, et la lumière du chandelier jette une lueur sur son épaule au troisième pas. Des coutures métalliques. Intéressant. Doublement intéressant qu'il n'ait pas pris place à la table de Madame Boucher. On dit qu'elle peut être plutôt... généreuse.

Quatre longues enjambées et Magnus est de retour, se penchant au-dessus du comptoir pour attraper le rebord du tonneau et le remettre à sa place. Pétri ne le remercie pas du coup de main, mais il retourne à la cuisine en boitant pour aller chercher le diner de Magnus. Magnus s'assoit au bar avec moi et ne dit rien jusqu'à ce que Pétri revienne avec une assiette fumante remplie de légumes et de viandes.

Soit l'assiette est trop chaude, soit Magnus rougit à nouveau.

- Est-ce que toutes les dames d'Ector sont... euh.

La voix de Magnus s'évanouit en cherchant le mot qu'il faut.

- Non, mais elles sont toutes tenaces, répond Pétri sèchement.

- C'est bien ce qu'il me semblait, dit Magnus d'un

ton prudent en s'attaquant de nouveau à son énorme steak. Tu as faim, Théo ?

Il a dû me voir ouvrir la bouche. Toute cette viande pourrait me faire la semaine. Ses yeux bleus s'accrochent aux miens avec une innocence implacable qui m'énerve.

- Je mange chez moi ce soir, je mens.

« Manger chez moi » est synonyme de « ne pas manger pour que mes gosses puissent avoir quelque chose. » Mon estomac, gargouillant, me trahit.

Magnus sourit :

- Ce n'est pas ce que ton ventre me dit.

Il laisse tomber une pièce devant Pétri.

- Va lui chercher de ça, dit Magnus en montrant son assiette, avec ces petit pains d'Anges qui disparaissent.

Pétri me lorgne et boite jusqu'à la cuisine pour passer la commande.

- Tu peux manger une deuxième fois en rentrant chez toi, dit Magnus avec un clin d'œil. Tout le monde peut bien diner deux fois de temps en temps.

Son sourire est radieux.

- Je vous connais bien, vous, les escaladeurs de mur, vous descendez la nourriture comme personne.

Sa fourchette s'arrête à mi-course.

- Tu as des gosses à la maison ?

Je hoche la tête, espérant que sa charité n'aille pas trop loin. J'ai ma fierté.

- Un ? Deux ?

Il s'enfile des patates dans la bouche et mâche pensivement.

- Des jumeaux. Timnus et Valery.

Les jumeaux sont presque assez grands pour s'occuper d'eux-mêmes, ce qui veut dire qu'ils le font souvent. Sara est morte quand ils étaient encore tout petits, alors tout ce qui me reste à côté de ma fierté, ce sont ces deux trésors, une cordonnerie sans cordonnière et tout un tas de dettes. D'où mes acquisitions.

Avant que Magnus ne puisse me poser des questions vraiment douloureuses, Barkus sort de la cuisine en se dandinant vers la cible de fléchettes. L'assemblée se tait et arrête de harceler les serveuses.

Magnus et moi quittons le bar et rejoignons Markel qui ronfle encore. Sa puanteur et le danger de se faire vomir dessus ont permis de laisser la table vide. Magnus fait semblant de ne pas remarquer l'odeur, et j'ai connu pire...

- Excellent match ce soir, mesdames et messieurs, annonce Barkus une fois que nous nous sommes installés. TROIS matches de Cricket ! DEUX parties de 1001 ! UN match de Loops and Bumper pour faire la belle !

Barkus a ses défauts, mais pas dans l'art de la mise en scène. Les gens commencent déjà à frapper sur leurs tables avant qu'il ne soit à la fin de sa première phrase.

- Mesdames et messieurs du Chat Noir, nous accueillons nos joueurs : Magnus Palaïdus de Fortrus Abbey, Tom-le-Pâle Blanchard de Maudark, et notre PROPRE. CHAMPION. GRIPHURK. RAZLENOK !

Les applaudissements retentissent. J'ai la tête qui tourne et fixe mon regard sur le chandelier au plafond, ses bougies jaunes coulant de cire chaude de sanglier. J'imagine les chaines qui craquent sous les applaudissements, bien qu'on ne puisse jamais vraiment entendre ça à moins de se faufiler à l'intérieur après que Barkus a fermé pour la nuit.

Les trois concurrents tournent autour du hockey, comme les trois demi-dieux d'une légende ectorienne : Ténébrus vêtu de noirceur tourbillonnante le petit Giranna calculateur aux yeux étincelants, et Pan qui se tient tout droit dans une auréole de vertu sacrée, bien que ce ne soit que le chandelier qui reflète à nouveau les coutures métalliques.

Pendant un instant, le silence revient alors que les joueurs s'alignent. L'assemblée tressaille, une brise jouant au-dessus d'un lac paisible. Puis Griphurk lance. Il ne ralentit pas entre les volées. Un. Deux. Trois. Les trois flèches frémissent au centre de la cible, le sifflement admiratif de Magnus est noyé par une nouvelle vague d'applaudissements. C'est rare de le voir s'épanouir, mais ce soir sa lèvre tremble et passe de son air renfrogné habituel à un bref sourire.

MAGNUS LANCE PRUDEMMENT, paraissant se concentrer plus que les deux autres, comme un homme apprenant un nouveau jeu. Les résultats de sa concentration sont tout aussi impressionnants, quoiqu'il en soit.

Les concurrents se nourrissent les uns des autres. Bras tournoyant. Plumes dans l'air. Cape étincelante dans la lumière des bougies. Sifflets d'admiration. Barkus remplace une fléchette lorsque son empennage s'effrite.

Finalement, Magnus cède. Grippy est tellement en tête en points que, même lorsque Magnus ferme les 19, Griphurk le bat. Pas moyen de le rattraper en points.

- Elle est toute à toi, dit-il en s'éloignant du hockey.

Puis c'est au tour de Tom-le-Pâle, ses fléchettes volent en silence mortel, des murmures de cliquetis contre des volets branlants. Aucune expression sur le menton pâle qui dépasse du capuchon noir, aucun commentaire à part l'ironie de la situation de l'usage par l'homme à la cape noir de la stratégie de Grippy : fermer les plus gros points avant qu'ils ne puissent être utilisés. Griphurk rétrécit l'écart rapidement, mais ce n'est pas assez.

Je ne vois pas grand-chose du match, pourtant. J'ai la figure enfouie dans l'assiette de steak et de pommes de terre que Magnus m'a commandée. Je salive à la vue des légumes verts et oranges fumant en mâchant mon steak. Les petits pains glissent dans ma poche.

- Je devrais rentrer, je marmotte autour d'une carotte au beurre.

Lucinda m'apporte ma boisson habituelle, bien que je ne sois pas assis dans sa section. Ca a le goût d'eau avec une cuillérée de lie de cidre, et c'est exactement ce que c'est. Je peux me le payer, vu que c'est gratuit.

- Pétri dit que tu as parié sur le match.

Elle ne me regarde pas en parlant.

- Ouais.

Du brocoli apparaît brièvement entre mes dents. Lucinda hoche de la tête, s'attardant un peu.

- Qu'est-ce que tu penses ?

- Je pense que tu as envie d'avoir cette section ce soir.

- Attention à toi, Thé-au-lait, m'avertit-elle.

Mais elle sait que ce n'est rien d'autre de ma part qu'une observation amicale, pas une galéjade comme celles de Pétri. Ses yeux dérivent vers Magnus, qui observe les deux autres lancer, les encourageant presque autant que les spectateurs.

- Non, qu'est-ce que tu penses vraiment ?

- Que je vais perdre mon queenpence.

- Non, de Magnus.

J'indique mon assiette vide.

- Brave type. Quelqu'un devrait veiller sur lui.

L'un des pensionnaires beugle en demandant de la bière.

- Ferme-la, Gérard ! aboie Lucinda, jetant un œil par-dessus son épaule en partant remplir une choppe extra large.

JE RETOURNE À LA PARTIE. Magnus est une étude brève des fléchettes telles qu'on y joue à Ector. Contre Tom-le-Pâle, il s'est rapproché du bull's eye et s'en sert de moissonneur de points.

Le Cricket est une partie courte, et Magnus revient à la table en souriant jusqu'aux oreilles. Il prend sa fourchette et la pointe vers son assiette froide.

- Pas étonnant que j'aie dû payer pour jouer. Vous, les gars, c'est du sérieux.

J'acquiesce :

- Juste quand Griphurk est là.

- Et cet homme à la cape noire ?

- Tom-le-Pâle? Oui, lui aussi. Tu l'as vu regarder tes coutures ?

- Non.

Magnus écarte la question, l'air pensif.

- Tu dis qu'il s'appelle Tom ?

- Thomas, en fait, dis-je, curieux. Du moins c'est sous ce nom-là qu'il est enregistré à la Préfecture.

Mais Magnus abandonne le sujet.

- Comment je m'en sors ?

C'est évident, il veut qu'on le soutienne un peu.

- Génial. Imbattable, j'en rajoute.

- Griphurk a parlé d'une fille qui s'appelle Carmen ? Une couturière ?

J'essaie de ne pas rougir.

- Ouais, Carmen. Elle est plutôt bonne.

Magnus ne remarque pas ma gêne. Il se balance sur sa chaise et bavasse sur la théorie des fléchettes, les empannages alternatifs, les contrats, et les diverses méthodes de volée. Finalement, il se demande à haute voix si Griphurk ne se fait jamais battre.

- Pas souvent, j'admets en montrant une ardoise au-dessus du bar. Voici le dernier tableau des scores.

93% pour Griphurk.

Lucinda passe devant nous en « faisant tomber » une pile de vieilles serviettes devant Magnus. Il se baisse pour l'aider à les ramasser mais s'arrête brusquement, détournant le regard. Il est tout rouge de s'être baissé un peu plus que nécessaire.

- La chasteté est assez dure comme ça, sans avoir besoin de rappels, marmonne-t-il.

Le masque de jovialité s'estompe de son visage l'espace d'un instant et il jette un regard noir à Lucinda – à ses yeux, du moins – jusqu'à ce qu'elle rebrousse chemin. Puis, il se met une pomme de terre dans la bouche et la mâche stoïquement.

- Ne lui en veut pas, Magnus, dis-je. La chasteté n'est pas chose commune à Ector.

Je suis le seul que je connaisse à pratiquer la chasteté, à part peut-être Markel, et son vœu n'est pas volontaire. Je ne le dis pas à haute voix, pourtant. Personne ne veut m'entendre parler de mon bagage émotionnel qui ne paraît pas si lourd que ça, ce soir. L'écouter se plaindre des belles serveuses, c'est un peu comme Sara bavasser sur le prix du cuir, ou bien Carmen se plaindre d'avoir vendu une autre robe, alors que son inventaire diminue. Ca me fait sourire, et je ne peux pas m'empêcher de penser que sa bonne humeur contagieuse commence à m'affecter. Ou bien j'attrape des étincelles de lumière venant des ridicules coutures de Magnus.

- J'imagine que c'est un peu bizarre.

Sa bonne humeur revient peu à peu.

- Même à l'abbaye, il y a encore un débat. Pas pour les apprentis comme moi, bien sûr.

Il rougit un peu.

- Pour les plus mûrs...

La tête de Markel vacille vers le haut, laissant une

flaque de bave derrière elle et une trainée brillante sur son manteau.

- Bien chûr qu'on la pratiche !

- Vous êtes réveillé ? Les yeux de Magnus s'écarquillent de surprise.

- Bien chûr… Markel se tape les sourcils d'un air entendu. Ch'dors chamais !

- Et vous pratiquez la chasteté ?

Ceci le surprend plus que le simple fait que Markel soit éveillé.

- Tout auchi ardemment qu'un aut' !

Hoquet.

Markel se penche près de mon visage et je sens alors plus de son charme habituel que je n'en aurais envie.

- Au nom de Pan, qu'est-che que ch'est que la chachteté ? murmure-t-il d'une voie retentissante.

- Chasteté, je le corrige.

- Ch'est ch'que ch'ai dit.

Il fait le tour de la pièce du regard.

- Tant pis. Ch'vais demander à quelqu'un d'autre.

(Quand Markel est éveillé, il aime avoir un public). Il trotte derrière Lucinda, qui a anticipé ses avances et s'enfuit vers la cuisine.

- Luchinda. Luchinda ! Je pratiche la chachteté ! Ch'est génial ! Tu veux m'aider ?

- Oh, mais je t'aide, lui crie-t-elle en s'éclipsant.

Ne se laissant pas décourager, Markel la suit, bien

qu'il n'ait pas le droit d'aller en cuisine. Une clameur de rires le suit. J'imagine que Lucinda n'est pas à l'abri de toutes sortes de coquineries.

Puis Griphurk fait un geste de la main à Magnus de l'autre bout de la pièce. Il prend son air qui veut dire « c'est du sérieux ».

Ce coup-ci, Tom lance le premier. Son tir est plus mortel que jamais. Griphurk regarde de côté de temps à autres avec un air légèrement surpris. Il n'a jamais vu Tom-le-Pâle jouer comme ça.

Tandis que le match se poursuit, pourtant, Tom-le-Pâle est à la traine. Ses volées, bien que bonnes, commencent à être un peu lâches. Griphurk balance comme d'habitude, les rassemblant autour du centre pour bloquer les lignes. La partie est bientôt terminée, Grippy fermant le premier, et Magnus fermant de près en troisième.

Magnus secoue la tête.

- Bonne partie. Si je ne savais pas la vérité, je me dirais que tu es à moitié gobelin.

Tom sourit, tirant son capuchon sur son visage. Il sait combien Grippy aime entendre ce genre de choses.

Griphurk cligne des yeux, mais ne paraît pas offensé. Dans une allée sombre, les choses auraient pu se passer différemment. Mais il commence déjà la partie suivante.

Grippy est en tête. Tom-le-Pâle est derrière, suivi de

près par Magnus. L'auberge est silencieuse. Dehors, la pluie redouble d'intensité.

Puis l'impensable : tandis que Griphurk lève le bras, la pièce tremble sous un coup de tonnerre énorme à faire exploser toutes les chopes. Je saute de mon siège, faisant tomber mes couverts de la table. Lucinda fait de nouveau tomber ses serviettes, par accident cette fois. Pétri renverse la pression qu'il est en train de tirer.

Et Griphurk sursaute !

La fléchette dévie sur la gauche. Dix-sept. Une remise à zéro.

Tom-le-Pâle n'hésite pas, mais même avec d'excellentes volées, il lui manque une fléchette pour arriver à 1001.

Pour la deuxième fois de la soirée, le sourire de Magnus s'estompe. Il fronce les sourcils en se concentrant. Il lui faut exactement cent soixante. Peu de chances, pas vrai ?

Il jette la fléchette comme une lance, une arme plutôt qu'un jeu de société, et elle s'enfonce profondément au centre. Sa deuxième volée, avec encore plus de muscle (à l'inverse du doigté léger de Griphurk) vient se planter juste à côté de la première au centre. Il ne lui manque plus que soixante points. Devinez ce qu'il touche cette fois ?

Triple-vingt, banco.

La taverne est douloureusement silencieuse, ébahie.

Madame Boucher brise le silence en applaudissant.

- Tamara ! Lucinda ! Une de vous m'amène une tournée pour le nouveau, chantonne-t-elle.

Le bruit s'abat comme une vague sur l'auberge. Il y a un tel attroupement à notre table que Markel n'arrive pas à rejoindre sa chaise après avoir poursuivi Luncinda pendant tout le match.

- Cha, ch'est du bon boulot ! hurle-t-il en essayant de s'incruster. Allez, on devrait touche êt' chachte !

Comme il ne parvient pas à se rassoir, il s'étale par terre pour ne déranger personne. Il est vraiment fair-play. Je ne m'inquiète pas. Markel a un coq dans le ventre qui fait cocorico à chaque fois que quelque chose d'intéressant ou de dangereux arrive.

D'après les offres qui fusent, on dirait que tout le monde veut que Magnus boive, et vite, sauf Tom-le-Pâle, qui est au milieu d'une violente (mais silencieuse) dispute avec lui-même.

Je sais pourquoi les autres sont ici. C'est parce qu'ils ont tous parié sur Griphurk et n'ont pas l'habitude de voir les choses aussi serrées. Leur convivialité ne le touche pas vraiment, parce que Magnus rit et leur dit qu'il ne boit pas, du moins pas quand c'est eux qui offrent.

Et puis je reçois une note de Barkus, écrite dans un code cryptique que personne d'autre ne peut déchiffrer. Dans la mêlée de corps, je ne peux pas voir qui me l'a apportée, mais il correspond à son écriture et sent la sauge, sa signature. Le message est rapide et formel : « Je réclame ta dette. Donne ton truc à Yeux-Bleus. »

Mon cœur saute dans ma poitrine. Je vendrais Pan en personne pour cette demande. Mais Pan n'a pas soudoyé les percepteurs d'impôts l'hiver dernier pour que je n'aille pas en taule. Barkus, oui, et pas par bonté de cœur. Si je refuse ça, mes gosses sont en danger.

- Un corps pur, c'est une âme pure, pas vrai ? dit Magnus en refusant une nouvelle proposition.

- Si tu le dis, je réponds en durcissant mon cœur.

Il faut que je prenne soin de ma famille.

- Qu'est-ce que tu prends ?

Magnus cède.

- D'accord, Théo. Jus de raisin ou cidre. Pas d'alcool. Ca brouille le processus spirituel.

- Ca, tu l'as dit, j'ajoute, plein de reproches pour moi-même. Et ton processus physique aussi. Ca pourrait te faire perdre la partie.

Magnus glousse.

- C'est ce qu'on dit.

Les offres se calment. Quelques-uns prennent un air honteux, mais les plus malins attendent dans l'expectative, sachant bien que quelque chose se trame, vu que je suis d'ordinaire très calme et que je ne me mêle de rien, et vu que les verres viennent du bar, où de terribles choses peuvent arriver.

- Lucinda... j

Je pèse mes mots.

- Elle paraît un peu... investie... ce soir.

Barkus est prêt. Il la renvoie et appelle Tamara à la place.

Je l'interpelle comme si c'était une coïncidence.

- Tamara ! Apporte à Magnus un cidre numéro treize.

Je lui glisse une petite fiole. Ce n'est ni toxique, ni permanent, mais je me sens quand même pourri de faire ça. C'est juste une partie de fléchettes, je rationalise, mais je sais que ce n'est pas juste et que Magnus va se payer une méchante gueule de bois, bien qu'il n'y ait pas une goutte d'alcool en jeu.

Tamara lève un sourcil, mais ne dit rien. Elle sait ce que je sais : Magnus tient Griphurk par la gorge. C'est lui qui passe en premier et au Loops, il suffirait d'une volée exceptionnelle pour finir le vieux Grippy.

- Pas une goutte de ce vilain alcool, je rappelle à Tamara. Ca brouille l'esprit.

Tamara sait ce qu'elle doit faire. On a déjà parlé de ça. Elle revient vite et je sens le soupçon de grenadine noire quand la choppe me passe sous le nez. Je regarde avec appréhension l'énorme main de Magnus saisir l'étain et son biceps gros comme un bœuf se plier au coude. Un instant, j'espère, imaginant Magnus traverser les remparts d'Ector sans une égratignure, sans renverser sa choppe.

Mais c'est un espoir bien mince. La grenadine noire est une concussion liquide qui frappe toujours les costauds le plus fort. Et ça rend aveugle. Temporairement. (Je m'en sers comme antidote contre les poisons utilisés pour protéger la propriété des autres, mais c'est une autre histoire.)

Le rassemblement autour de nous s'amincit.

Magnus s'envoie une pâtisserie. Il est net et précis. Nous bavardons oisivement.

Aucun signe de Grippy, ni de Tom-le-Pâle nulle part.

Puis Magnus se frotte les yeux.

- Hou là.

- Qu'est qu'il y a ? je demande, faisant semblant de ne pas avoir entendu.

Sa fourchette s'entrechoque sur l'assiette quand il la pose et il commence à plisser les yeux.

- Est-ce que quelqu'un taille les lanternes ?

En entendant ça, Grippy apparaît tout à coup. Ses longs doigts sur l'épaule de Magnus.

- Prêt à lancer, Magnus ?

Des gouttes de sueur tombent du front de Magnus. C'est la boisson, pas les nerfs.

- On peut prendre encore une minute ?

Il garde la face plus que d'autres. De toute évidence, il a déjà eu à gérer la douleur.

- Théo, est-ce que les chandeliers s'éteignent ?

- Ca paraît plus sombre, en effet, maintenant que tu le dis, je parviens à dire.

Griphurk sourit, sur ses gardes.

- Deux minutes.

De l'autre côté de la pièce, Tom-le-Pâle ricane tout seul. Ca m'hérisse le poil. Je refoule l'envie de vomir. Ma faute.

Magnus arrive à pousser un petit rire, mais sa voix est tendue.

- On dirait que toi aussi tu as quelque chose qui tourne pas rond...

Lucinda accoure vers nous.

- Magnus, Théo, ça va ? Qu'est-ce qu'il se passe ?

- Ri-rien, je balbutie. On se sent un peu bizarre, c'est tout.

- Lucinda, tu peux nous allumer une bougie, c'est sombre ici.

Lucinda n'est pas bête. Elle sait tout de suite ce qui se passe. Elle m'attrape par la chemise des deux mains et me tire de ma chaise.

- T'as pas fait ça ? elle murmure.

Je tourne la tête de côté, loin de Magnus, pour qu'il ne m'entende pas.

- Barkus m'a réclamé ma dette.

Je ne peux pas la regarder dans les yeux.

- J'aurais pu te prêter quelque chose, siffle-t-elle.

Elle me secoue par frustration, et je ne suis pas assez costaud pour me défendre.

- Pas assez pour rembourser ce que je dois à Barkus, je murmure. Tu peux à peine nourrir les orphelins. Par le feu des dieux, Lucinda, fais-moi descendre.

Mes pieds moulinent en l'air. Lucinda me laisse tomber. Le sol leur fait signe d'amitié.

- Sortons d'ici, Magnus. Pourquoi est-ce que tu ne viens pas chez moi ? Je te donnerai quelque chose pour ce mal de tête, et tu pourras aller te coucher.

Elle se trahit un peu, elle est trop compatissante.

- C'est très gentil de ta part, Lucinda, mais je ne peux pas... Oooooh...

Magnus se met la main sur la tête.

- Ooooh !

Il respire doucement pendant une minute.

- J'ai une partie de fléchettes à terminer. Et je suis sûr que les lits ici sont très biens.

Il est anxieux, maintenant, il cligne des yeux, de toute évidence incertain de la proposition et de la direction de la personne qui propose.

- N'importe quoi. Tu n'es pas en mesure de lancer des objets pointus. Allons-y.

Elle essaie de le soulever, mais il est bien trop lourd

pour elle. On dirait que ses mains se collent à lui. Magnus se lève, probablement pour se libérer, mais son rejet tourne en une tape nerveuse sur l'épaule.

- Honnêtement, Lucinda, j'aimerais beaucoup visiter ta maison mais...

Magnus commence à radoter sur la nécessité de repousser les limites de la tentation.

Il la distrait avec des jolis mots, mais le sort se brise prématurément. Les yeux fermés, il a arrêté de parler, il respire l'air comme un chien de chasse et défait les attaches de son épée d'une main experte.

- Théo, est-ce que tu vois quelque chose ? Quelqu'un de sombre et de menaçant ?

Je le sens moi aussi. La menace emplit l'air comme de l'électricité statique. Ma tête toute entière picote.

- Non, je ne vois rien, mais...

Lucinda pète un plomb.

- Tu vois très bien, espèce de salaud, hurle-t-elle en m'attrapant.

3

LA MÊLÉE FOLLE

Je n'ai pas survécu aussi longtemps en étant lent. Son poing se ferme sur le néant et je suis en haut du pilier central de la taverne en un clin d'œil. Barkus arrive en courant de la cuisine, mais c'est trop tard. Quand la tempête de Lucinda démarre, on ne peut plus l'arrêter. Elle menace de me voler et tous les arnaqueurs au cœur noir de la région, ce qui comprend, euh, la plupart des clients de ce soir. La température de la pièce monte de plusieurs degrés sur ce commentaire. C'est vrai, mais personne n'aime se l'entendre dire, surtout de la part d'une barmaid pickpocket.

Puis un villageois idiot aux dents du bonheur fait la gaffe :

- Tu peux me dérober quand tu veux, belle dame !

- Touche pas à Luchinda, crie Markel, protecteur. Elle va faire chachteté avec moi.

Sa choppe pleine, celle que Lucinda lui a donnée pour le faire taire, prend l'homme en plein sur l'épaule. La bière éclabousse trois tables et encore plus de gens ne sont pas contents.

Le villageois s'attaque à Markel, mais plante son poing dans le nez de Gérard, qui se casse. Et Lucinda glisse sur la bière, renversant une table.

Presto! La bagarre mensuelle de la taverne...

Depuis mon belvédère, c'est assez facile d'esquiver la choppe occasionnelle que Lucinda lance dans ma direction. Elle a un bon lancer, mais je suis très haut, et elle doit se débattre en bas tout en gardant l'œil contre toute éventuelle volée de membres. Il me suffit de faire attention à son bras et de ne pas me taper la tête contre la manivelle à puits qu'on garde là-haut.

Le seul à ne pas être touché est Magnus. Il se tient au milieu de tout ça, indemne, tournant sur lui-même en quête de quelque chose, aveugle, souffrant, et apparemment effrayé.

Parmi le mobilier fracassé, la porte s'ouvre d'un coup et la nuit inonde la pièce comme l'obscurité s'abattant du ciel en plein hiver, sept Ténébreux vêtus de capes.

On voit qu'ils viennent de loin. La variation de coupe et d'étoffe de leurs capes va plus loin que tout ce qu'on peut trouver même dans la ville du haut Ector.

D'étranges bottes et pantalons sont maculés de boue, et ils puent tous le cheval. La caravane se tient dans l'embrasure de la porte comme une troupe de cirque.

Je n'ai jamais vu une bagarre se terminer aussi vite. Nous sommes une bande de durs, mais c'est rien à côté des Ténébreux.

Il n'est pas trop tard pour prévenir les gardes de la ville, je crois, mais il y a des capes noires sous les portes battantes de la cuisine et des ombres derrière les fenêtres. Toutes mes sorties habituelles sont bouchées.

Seul Tom-le-Pâle se défend.

- Qu'est-ce que ça veut dire ? sa voix résonne, amplifiée.

Je ne l'ai jamais entendu parler comme ça, furieux et puissant, tellement différent de sa voix cassée d'ordinaire. L'assemblée s'écarte pour le laisser passer et il s'avance vers le chef des Ténébreux, un homme encapuchonné qui fait signe à ses camarades de ses petites mains blanches.

- Qu'est-ce que ça veut dire ? répète Tom. On devait me laisser tranquille pour ma retraite, Archus. Je devais pouvoir choisir mon successeur en paix ! Tu étais témoin.

La voix de Tom est la personnification même de la menace. Même Griphurk se tasse.

Archus retire son capuchon. Il est aussi pâle que

Tom, mais il a l'air surpris et cela lui donne un soupçon d'humanité.

- Toutes nos excuses, Thomas ; nous ne voulons pas te manquer de respect. Ta ville abrite un homme recherché par la Fraternité, un homme qui a vu le sanctuaire sacré et a divulgué nos codes en lettres aux quatre vents.

Tom rit.

- Le sanctuaire sacré ?

- C'est pas drôle.

Archus a l'air en colère, mais respectueux. Il parle calmement d'abord, mis sur ses gardes par l'accueil de Tom, mais sa voix gagne en confiance quand il regarde ses suppôts qui l'approuvent.

- Nous sommes venus t'assister à l'éliminer.

Ses yeux virevoltent vers Magnus avant de retourner sur Tom. Il ajoute :

- Il y a peu d'hommes aussi courageux que lui, dit-on.

- Tu crois que j'ai besoin d'assistance ? De la part d'assassins de bas étage ?

- Je ne suis pas de bas étage, sombre frère, et ces hommes-là me suivent.

Ses lèvres se retroussent, son visage blafard empli de fierté. Tom réplique :

- Renvoie-les sur le champ. Je n'ai pas besoin d'assistance chez moi.

Le mot « assistance » s'envole comme un crachat des lèvres de Tom.

Archus ouvre la bouche pour parler, mais aperçoit la main exposée de Tom-le-Pâle.

- Où est ton anneau ?

Tom lève le bras et sa manche découvre un anneau de chair intacte à la lumière des bougies.

- Où est ton anneau ? répète Archus, son murmure porté de manière anormale par l'anneau brûlant dans ma poche.

- Je l'ai transmis à un autre.

Je sens un frisson dans mes os à cette proclamation, et le choc d'Archus est palpable. La haine s'épanche entre lui et Tom.

- Alors tu n'as pas de rang. Ecarte-toi.

Tom tient tête, les griffes prêtes à l'attaque, ses membres d'arbre crochu défendant son territoire.

- Je ne cède rien, avorton !

Archus tire sa dague. Le geste est si rapide que je le sens plutôt que je ne le vois, mais, quand il frappe, Tom serre les poings et le sol se met à trembler.

Archus et son escorte trébuchent. Les clients se raccrochent les uns aux autres ou sur des chaises renversées. Je perds l'équilibre et tombe, mais je parviens à attraper le chandelier, écrasant plusieurs bougies et m'enfonçant jusqu'aux aisselles dans la cire chaude. Mes jambes moulinent inutilement et mes côtes se brisent, mais c'est mieux que de tomber à pic sur le plancher. Le chandelier se balance tandis que je m'accroche désespérément.

En dessous, on entend un bruit de siphon, comme si les portes de l'Enfer venaient de s'ouvrir en grand. Archus se meut comme un serpent, une mince rapière visant le capuchon de Tom. Des fléchettes volent mortellement dans l'air, tantôt vers Tom, tantôt vers Magnus.

Le temps se ralentit pour moi. J'entends le souffle de chaque client, je vois les minuscules pointes des fléchettes assassines volant dans l'air. Je sens le pacanier et le chêne du feu dans la cheminée et le goût du poison dans l'air des bougies. Les Ténébreux flottent dans l'air vers Tom et Magnus. L'anneau est une flamme dans ma poche, et je sais tout à coup pourquoi je suis si lucide. Je ne veux pas ça, je crie dans ma tête.

\- C'est chez moi ici.

C'est tout ce que dit Tom. Sa voix est un murmure perçant au-dessus du brouhaha. La lame de la rapière vole en éclat, les Ténébreux s'effondrent à mi-course et seules les fléchettes visant Magnus atteignent leur cible.

Archus saisit tout à coup sa gorge :

\- Thomas... écarte... toi....

La voix de Tom est froide. Sa colère s'est envolée, mais ses yeux ne quittent pas Archus.

\- On devait me laisser tranquille. On devait laisser mon territoire en paix.

Archus cligne des yeux et paraît s'affaler un peu plus. Une aiguille empoisonnée brille sur sa botte qui s'agite faiblement. Une lumière bleue flamboie autour d'Archus. On entend le craquement d'un éclair dans sa paume, mais il s'éteint avant qu'il ne puisse le relâcher. Puis Archus s'écroule au sol, clairement mort, le sang coulant de sa bouche et se déversant sur le plancher.

Les autres Ténébreux hurlent de douleur et se jettent de nouveau sur Tom, mais ils ne sont pas comme Archus et n'ont pas pris les plus sombres serments. Il est comme un mur pour eux, ses bras osseux aussi durs que de l'acier. Il pare leurs coups à mains nus et leur lance un regard assassin. Son index transperce un autre au cœur. Je me détourne, incapable de regarder la scène. J'entends un cou craquer.

Cinq autres ont été mis à l'écart avant que Tom n'ouvre de nouveau la bouche. Des sept, il n'en reste qu'un, un homme aux cheveux cendrés, le sang lui dégoulinant sur le visage.

Pendant un instant, le corps d'Archus danse dans les flammes, mais Tom avance son index vers sa bouche et le feu s'éteint.

- Va-t'en.

Silence.

- Maintenant.

On entend gratter dans la cuisine, puis un claquement de portes. J'entends des pas qui s'enfuient sur le toit au-dessus de moi, puis un bruit sourd dans la cour dehors. Des ombres suspectes autour des haies se retirent. Pendant un instant, la lune perce à travers les nuages de pluie.

Bientôt, il ne reste plus que l'homme grand aux cheveux cendrés, regardant amèrement les corps trainés par des hommes de l'extérieur.

Il ne regarde pas Tom quand il parle.

- Certains serments ne peuvent jamais être brisés.

Puis il disparaît par la porte d'entrée sans faire de bruit.

- Je ne le sais que trop bien, répond Tom.

Son capuchon est retombé. Il a du sang sur sa joue pâle, bien que personne ne l'ait frappé là.

- Mais le territoire est chose sacrée.

Ses paroles rappellent une certaine étrange vérité à Magnus.

- *Sur son territoire, le soir, se tenant sur le hockey,* entonne Magnus, *le sang-mêlé tient sa cour.*

Ses mains aveugles trouvent une fléchette et la libère de façon experte.

Tom lèche ses lèvres blanches comme le sang continue de couler de sa joue.

- Donc Père Jérémie a bien reçu mon mot.

Magnus tombe sur un genou. Il saigne lui aussi. Il y a encore d'autres fléchettes enfouies dans sa tunique.

- Oui.

Magnus inspire profondément. Je vois sa poitrine

monter et descendre. Une autre fléchette empoisonnée tombe à terre tandis qu'il parle. Je me sens moins coupable de l'avoir drogué avec un antidote. J'espère seulement que c'est le bon.

Tom se frotte les doigts, observant Magnus presque paisiblement.

- Un peu lent à répondre, dit-il, comme déclarant un verdict.

- As-tu idée de combien de Sang-mêlés il y a dans le monde ? demande Magnus sur la défensive, cherchant à tâtons la dernière fléchette. As-tu idée du nombre de partie de fléchettes que j'ai dû jouer pour te trouver ?

Tom glousse. C'est le son le plus chaud que j'aie jamais entendu de lui, comme du givre sur des feuilles d'automne, plutôt que la glace sur un lac à minuit.

- Un bon nombre, j'espère.

- Tu as demandé la rédemption.

Tom secoue la tête. De sombres nuages se forment autour de lui tandis que les bougies brillent de plus belle autour de Magnus.

- Futilité, je le sais maintenant. Personne ne peut me libérer de mes propres serments.

Il y a de l'amertume dans sa voix alors qu'il s'accroupit.

- Je t'ai libéré des loups, mais qui va te libérer de moi ?

Pendant un instant, ses yeux virent vers mon chandelier. Puis il bondit, sa cape donnant naissance à deux épées courtes.

Magnus a désormais une lame flambante dans la main droite, une table dans la gauche, celle de Markel. Il réagit au pas de Tom. Son épée s'avance tandis qu'il balance la table, de la main gauche et armé de côté.

Tout le monde est surpris de voir que l'honneur de bataille de Magnus n'exclut pas l'usage de mobilier. La bière éclabousse et les hommes jurent en se basculant de côté. Le bois se brise, mais Tom-le-Pâle est une volute d'ombre, flottant au-dessus de la table-en-transit, s'abattant rapidement sur le flanc exposé de Magnus.

Je fais la seule chose décente qu'il soit : je lâche le chandelier. Ca n'est pas épatant, mais c'est opportun. Mes pieds et mon couteau trouvent la clavicule de Tom-le-Pâle. Pendant un instant, j'ai pitié de lui. C'est une manœuvre à faire pâlir de jalousie un Ténébreux.

Mais Tom a déjà prouvé qu'il est au-dessus de ça. Il râle un coup, puis il se débarrasse de moi comme d'un cafard en marmonnant des paroles que je ne comprends pas et que j'espère ne jamais entendre à nouveau. Des mains invisibles me jettent contre mon pilier favori.

Quelque chose tombe à terre près de moi. L'anneau. Parmi les étoiles et les fourmis, je sens que Tom me regarde, ignorant mon couteau planté dans son épaule. Ses yeux reflètent bien plus de lumière que nécessaire.

- Joli anneau, n'est-ce pas, Thé-au-lait ?

Je hoche bêtement la tête, mais pas pour lui. J'essaie seulement d'emplir mes poumons d'air.

- Gngngngn, gngngngn

Tom-le-Pâle s'approche, avançant au sol comme une panthère chassant dans une forêt de tables et chaises renversées.

- La prochaine fois, ferme la fenêtre, murmure-t-il. Tu as gâché mes livres de sorts.

- Je croyais que c'était des rappels d'impôt ! je mens.

Je ne peux rien dire à haute voix, pourtant. Je n'ai pas encore retrouvé mon souffle.

Le visage de Tom se déforme légèrement. Je suis sûr qu'il entend ma plaisanterie. Il montre l'anneau noir au sol.

- Il te va bien, dit-il simplement.

Magnus s'écrase sur lui par derrière alors que je respire enfin. J'inspire profondément en roulant de côté pour ne pas me faire écraser. Le pilier chancèlent quand ils le heurtent tous les deux.

L'anneau glisse sur le bar derrière lequel Pétri est tapi. Je ne veux plus en entendre parler, maintenant que je sais ce que c'est, et qu'il m'était destiné. C'est peut-être pour ça que Pétri l'a refusé ?

J'inspire à nouveau et jette un regard au-delà de la

table derrière laquelle j'ai pris refuge. J'arrête de m'inquiéter pour Magnus. Il est en train de donner une raclée à Tom, sautant de table en table, se battant à tâtons, devinant, tournoyant. Quelques-uns des coups de Tom-le-Pâle atteignent leur objectif, mais pas assez pour changer le résultat. Le vieux spectre est cloué au milieu de l'auberge, de plus en plus maigre, de plus en plus faible, alors que je me sens de plus en plus fort.

Je rampe sous ma table pour mieux voir.

Tom tranche l'air et Magnus s'élance en avant, baissant la tête au dernier moment pour éviter de se faire décapiter. Tom-le-Pâle tourne sur lui-même et Magnus fonce sur lui, poignardant sauvagement dans la mauvaise direction.

- A ta gauche ! je lui crie.

L'épée de feu devient un tourbillon de chaos dirigé, martelant les épées noires de Tom. On a du mal à dire si Magnus vise ou s'il mouline au hasard, mais en tous cas, ça marche. Les lames du vieux méchant rougissent autour des bords endommagés, projetant des tessons de métal brûlant.

Tout à coup, Tom laisse tomber ses épées et s'esquive en roulant. Sautant à reculons par le trou creusé dans le plâtre par la table de Markel, il lève les bras à la façon d'un sort ultime. On connaît tous l'image. Quels gosses n'ont pas joué aux chevaliers et aux sorciers sur la place publique ? Ses mains sont inondées de flammes et ses lèvres bougent silencieusement. Un fredonnement sourd émane du brasier surnaturel.

Pendant un instant, Magnus virevolte de surprise, l'épée prête, comme une boussole cherchant le nord. Puis son bras gronde dans l'air, son épaule suit et son corps se plie tandis que ses abdominaux ajoutent de la puissance au lancer. La lame de feu blanc fouette l'air déboulant vers l'ouverture dans le mur.

Elle s'enfonce dans la poitrine du sombre sorcier, le soulevant du sol. La silhouette de Tom explose de feu et de lumière. Une flamme crépite vers la maison d'à côté et s'attaque étrangement au plâtre, envoyant des trainées de fumée sur la façade de la boutique.

Tout ce qui reste de Tom-le-Pâle est un épais nuage de fumée et une botte de cuir noir sombrant dans la boue.

L'auberge de Barkus est silencieuse, mis à part le souffle audible d'un ou deux clients et le bruit du feu et de la pluie dehors. Tout le monde se retourne pour regarder Magnus, qui s'est procuré une autre table.

Je boitille vers lui et lui attrape le bras

- Eh, Magnus. Et si on laissait des meubles dans l'auberge ?

- Je dois libérer l'âme de cet homme.

Je jette un coup d'œil à la table au-dessus de ma tête, essayant d'ignorer les dommages que ça me causerait si elle me tombait dessus.

- C'est bon, Magnus. Si ton épée n'a pas fait l'affaire, je ne crois pas que cette table va servir à grand-chose.

- Mais...

- Il est mort.

- Oh.

L'ombre d'un deuil sincère apparaît sur son visage.

- Il fallait le faire. J'ai été clément.

On dirait qu'il est sur le point de pleurer, il se justifie.

La table au-dessus de sa tête chancèle légèrement. Elle est plus grosse que la dernière.

- Je sais, je sais. Mais tu n'as pas besoin de laisser tomber cette table sur moi, je couine. Je suis là.

Je tire sur sa tunique pour lui faire savoir où je suis.

Le contrôle de Magnus est parfait. Il la pose suffisamment délicatement pour que je puisse m'esquiver à temps.

- Mon épée?

- Je sais pas. Je vais voir.

Je doute sérieusement que rien de plus qu'une odeur de fumée n'ait survécu à cette rencontre.

Vlan.

Tout le monde sursaute, y compris Magnus.

- Par la barbichette de Pan, jure Barkus. Qu'est-ce que c'est maintenant ?

La porte de l'auberge tombe de ses gonds après les abus de la soirée. De longues boucles rousses sont une boule de rage dans l'embrasure.

- Tu mets le feu à ma boutique et tu n'as même pas la courtoisie de l'éteindre ?

Elle me remarque et son expression s'adoucit un peu, mais pas beaucoup.

- Salut, Théo.

- Salut, Carmen.

Carmen retourne son regard sur le reste de la pièce et semble surprise que tout le monde soit encore assis.

- Que faisons nous? Au feu !

La pièce se meut lentement, se réveillant aux certitudes de la vie normale. Dans une pauvre ville comme le bas d'Ector, un incendie signifie la mort pour certains et le désastre pour tous.

Je détache mes yeux des boucles de Carmen et regarde le trou dans le mur. En effet, le feu a dévoré une portion du plâtre sec. Le feu n'est pas censé faire ça. Et le feu n'est pas non plus censé brûler la chaume gorgée de pluie depuis deux jours. Mais voilà, elle brûle.

L'auberge toute entière entre en éruption. Les chaises sont renversées tandis que les gens accourent à la recherche de seaux.

- Les seaux ! Allez chercher les seaux ! hurle Barkus.

- Où sont-ils ? crie Magnus frénétiquement, bousculant la table qu'il vient à peine de poser.

Je me rue pour aller aider, le rattrapant avant qu'il ne tombe à nouveau. Mes côtes me font encore mal, mais j'y arrive grâce à une bonne dose d'adrénaline.

- Doucement, mon gars. Tu en as fait assez pour la soirée.

J'ai du mal à trouver mes mots.

- Le peuple d'Ector ne devrait pas avoir à payer pour ça !

D'un grand geste, il indique la pièce décimée et, j'imagine, l'incendie, bien qu'il ne vise pas trop bien.

- Ma querelle. Ma fierté. Ma cécité.

- Tout le monde paie pour le mal, Magnus, je marmonne grimaçant de la douleur de mes côtes et de ma fierté.

J'entends les cris dehors alors que la brigade des seaux se forme, sans doute rassemblant les gens des établissements et résidences voisins.

Il s'arrête, songeur.

- Euh... C'est vrai. Mais...

Je n'ai pas le temps de répondre, alors je fais appel à l'honnêteté pure et dure :

- Assieds-toi, gros lard, avant de tuer quelqu'un.

- J'ai déjà...

- Je veux dire quelqu'un qui ne demande pas que ça.

Magnus a l'air découragé.

- Je voudrais aider.

Lucinda revient par la porte d'entrée.

- Théo ! Où est la manivelle de secours ?

Son désespoir me dit que notre querelle est en suspens.

- Vas-y !

Lucinda attrape Magnus par la main, l'écartant, tandis que je grimpe en haut du pilier et coupe la tige et la poulie utilisées pour les alarmes d'incendie et les jours de fête. Elles tombent à terre.

- Est-ce que tu peux tourner une manivelle ? Lucinda demande à Magnus.

Magnus paraît vexé, bandant ses muscles.

- Je peux jeter des seaux.

- N'importe quoi. Tu ne vois rien. Tu ne ferais qu'écraser de pauvres innocents.

Elle me regarde ostensiblement, mais sa colère s'est en grande partie éteinte. Elle l'escorte dehors en le guidant, me laissant ramasser la manivelle et la poulie.

Au moins quelqu'un est d'accord avec moi.

Quand nous arrivons au puits, je vois que Lucinda a eu une bonne idée. Magnus est à cheval sur le rebord, remontant une corde à nu, sans manivelle. Deux hommes pompent la chaine principale, mais le tonneau à feu de Magnus remonte quand même plus vite. Il entonne une sorte de chant de travail ou de prière sacrée. On dirait une impro : « Pan-donne-moila-force-et-bénis-cette-eau-en-triomphant-contre-le-mal-et-en-apportant-la-lumière-à-ce-village-ignare. »

Qui donc improvise une prière ? Personne que je ne connaisse. On a de la chance si on a des prières du genre répétitif par ici.

Et Lucinda ne fait absolument rien, à part peut-être compter les muscles dans le dos du costaud. Sa chemise est dans la boue. Pourquoi ?

- Lucinda ! j'appelle au-dessus du vacarme. Aide-moi !

Elle sort de sa transe, m'aide à installer la seconde manivelle et deux hommes apparaissent avec une troisième corde et des crochets à seau.

Mes jumeaux passent en courant, portant des serviettes mouillées pour les batteurs.

- Salut P'pa !

- Au revoir P'pa !

La place centrale est maintenant couverte de chaines d'eau, et d'autres chaines arrivent de la Fontaine Sud près de la Préfecture. Trois bâtiments envoient des signaux de fumée, tous voisins de l'auberge, mais la boutique de confection de Carmen est la seule à être pratiquement couverte de flammes, dont certaines sont décidément surnaturelles. L'orange et le rouge flamboient et dansent avec des langues de violet et de vert. Même le plâtre brûle, des flammes bizarres remontant jusqu'au toit de chaume.

Puis tout à coup, l'incendie s'éteint. Des affirmations sur l'eau bénite sont noyées sous les clameurs.

Mais ce n'est pas encore fini. Nous suons sous la pluie pendant un autre demi-guet, pour s'assurer que tous les autres incendies sont contrôlés. Sauf celui de Lucinda. Elle fond comme un œuf doré accroché à une poêle en fonte. Magnus, malgré tous ses muscles, ne paraît pas pouvoir se décrocher d'elle. A sa décharge, la plupart des hommes n'essaieraient même pas.

La foule se disperse lentement, bien qu'on ait l'impression qu'encore plus de gens se dirigent vers Le Chat Noir pour savoir comment ça a commencé et boire un verre ou trois.

Je suis trop fatigué pour ça. En me retournant pour faire mes adieux, je réalise que la foule a déjà emporté Magnus et Lucinda.

De l'autre côté de la place, on tape sur les tables et des chants rauques s'échappent de la porte désormais perpétuellement ouverte.

- Timnus ? Valery ?

Je les appelle, mais c'est en vain. Même s'ils peuvent m'entendre, ils ne vont pas se montrer, ni rentrer pour fêter ça. J'arrête de chercher. Ils rentreront quand ils seront prêts, et certainement avec de la meilleure nourriture que les petits pains trempés et écrasés dans mes poches.

Je suis à mi-chemin quand une pensée chatouille ma conscience. Une épée git dans la boue, ne demandant qu'à être emportée. C'est une bonne épée, qui vaut au moins une poignée de kings chez le bon recéleur. Aveugle et assailli d'admirateurs, son propriétaire ne va pas objecter maintenant. C'est une affaire à ne pas manquer pour n'importe quel malandrin, et Pan sait qu'il y en a beaucoup dans le coin. Quelqu'un d'honorable devrait faire quelque chose.

Excrément.

Je retourne en vitesse à l'auberge, où la lumière et l'odeur de la fête se déversent à travers un gros trou en forme de table dans le mur. Je dois crapahuter dans la boue pendant une minute avant de trouver ce que je cherche. Mes orteils nus heurtent quelque chose de solide, bien enterré et complètement coincé. La boue fait un bruit d'aspiration quand je la libère.

L'épée est une véritable épave, voilée et rayée, mais elle est encore belle. Je la rince sous la pluie quelques minutes avant de rentrer dans l'auberge. Les lanières de cuir calciné du manche sont encore maniables, et tout ce que je peux faire est trainer l'objet, en m'en servant de talisman pour me frayer un chemin parmi la cohue.

- Ca appartient au costaud là-bas. Il l'a perdue dans l'effervescence. Chaud devant.

Les gens me regardent avec moins d'indifférence qu'avant.

- Celui qui tirait l'eau bénite ?

- Ouais, ouais, je confirme.

Les gens racontent n'importe quoi, surtout celui qui crie : « Faites place, braves gens. » C'est le villageois aux dents du bonheur. « Faites place au page de l'homme saint », crie-t-il.

Les gens me saluent et font la révérence.

Excrément, encore.

- Oh ! Un saint page !

- Arrête, Matilda. C'est juste moi.

- T'es un page, Thé-au-lait ?

- Le mari de la cordonnière est un saint page !

Je me résigne. Il faut faire ce qu'il faut faire, j'imagine. Je trouve Magnus épinglé à la table rétablie de Markel par tout le gratin de la basse-ville d'Ector, si on admet que la basse-ville d'Ector ait effectivement un gratin. Les invitations fusent, et Lucinda est toujours collée à lui. Il a abandonné d'essayer de s'en débarrasser, bien qu'il soit parvenu à remettre sa chemise.

- J'ai ton épée, Magnus.

Je lui tape sur le bras et guide sa main sur la poignée.

- Elle va avoir besoin d'un vrai enterrement.

Maintenant que je suis là, je ne sais pas trop quoi dire, je ne sais pas pourquoi je n'ai pas essayé de refourguer son épée pour de la ferraille.

- Merci.

C'est tout ce que j'arrive à dire, mais je ne sais pas

si je le remercie pour le repas, la gentillesse, ou pour m'avoir sauvé de Tom-le-Pâle.

La main libre de Magnus remonte vers mon épaule et me tient en place.

- Théo ?

Il y a un soupçon de panique dans sa voix.

- Ouais. C'est moi.

Magnus se penche et me parle à l'oreille.

- Tu connais un endroit tranquille où je peux me planquer pendant quelques jours jusqu'à ce que ce sort de cécité se dissipe ? Je peux te payer ce que tu veux.

Lucinda me lance un regard noir, s'agrippant de plus belle à son bras.

- Oui. Et c'est aux frais de la maison.

Je dissimule ma culpabilité, comme je vais devoir dissimuler la mixture de grenadine noire.

Lucinda est coincée.

- Si tu veux sortir, il va falloir que tu fasses un petit spectacle de sortie.

- Je n'ai plus rien, gémit Magnus. Le type de là-haut est allé se coucher.

Je tapote l'énorme patte sur mon épaule, mais elle tremble. Le poison et les antidotes ne se mélangent pas trop bien.

- Je suis sûr qu'il sera revenu demain matin. En attendant, fais comme si j'étais ton page. Tu pourras te repentir plus tard.

- Merci, Théo.

Les couches de désespoir se transforment en soula-gement tangible. Il est évident que c'est parce que sa souffrance est tellement grande qu'il accepte de jouer la comédie.

- Allons-y... mon bon sieur, claironne-t-il comme si c'était vrai.

J'imagine que le mensonge du page est un peu fort pour lui.

Alors que nous commençons à partir, je jette un coup d'œil par-dessus mon épaule.

- Formidable, Magnus. Se battre à l'aveuglette comme ça !

- Aucun homme n'est aveugle avec Pan à ses côtés, dit-il solennellement.

La grandeur de sa déclaration est diminuée quand il trébuche contre une chaise poussée sur son chemin par un client sur le point de partir.

- Euh... D'accord.

Mais je fais benoitement un signe de Pan tout de même. Après ce soir, je parie un queenpence qu'il y a quelqu'un là-haut qui écoute, au moins Magnus.

- Et moi, coupe Lucinda. Moi aussi, je suis à tes côtés.

Je fais encore un signe de Pan, espérant qu'il y ait encore de l'aide pour Lucinda.

On est presque à la porte quand Griphurk s'avance devant moi.

- Où vous allez comme ça ?

- Chez moi, Grippy. Ce bonhomme a été aveuglé par le sort d'un sorcier.

Lucinda glousse, mais tient sa langue.

- Les Ténébreux. Les sorciers. Ils sont tous partis, mais la partie là-bas, elle n'est pas terminée.

Il gronde ces mots comme un mineur écrasant le charbon. A comparer de sa voix soyeuse habituelle, on dirait une menace.

Magnus soupire, résigné.

- Vous avez raison, Mr. Griphurk. Un homme doit toujours finir. Mais par la barbe de Pan... vous prenez ces choses au sérieux, les gars.

Vu de près, le sourire de Grippy est terrifiant.

- La cible est de ce côté.

Je remercie Pan que nous sommes dans une auberge bien éclairée où la plupart des gens nous aiment bien.

Magnus ne bouge pas.

- Donne-moi une fléchette.

Il y a un nouveau ton dur comme le fer dans sa voix, qui dit : « Ne me pousse pas. »

Griphurk hésite.

- D'ici ? Il y a des gens.

J'ai la nette impression qu'il se soucie plus de la distance que des gens.

- Ils bougeront bien.

La voix de Magnus est maintenant de pierre. Ca paraît le surprendre lui-même.

- Donne-moi n'importe quelle fléchette que tu as sur toi.

Griphurk déroule ses longs doigts. Il y a en effet une fléchette là-dedans. Trois, en fait. Il donne à Magnus celle au bout endommagé et garde les deux meilleures pour lui. Je ne dis rien. Quelques pièces perdues valent moins qu'une querelle avec quelqu'un comme Griphurk. Et Grippy est au courant pour le verre empoisonné.

- Ecartez-vous, ordonne Magnus avec un geste de la main.

Les gens se retirent vite des tables au milieu.

- Dans quelle direction exactement se trouve la cible ? il me chuchote.

Je lui prends la main et la pointe vers la cible, au plus près possible du centre.

- A quelle distance ? me demande-t-il

- Vingt-cinq mètres.

Je mesure sans penser. Je connais cet endroit comme la cuisine de ma mère.

Il se tient immobile pendant quelques instants, calculant sa position, savourant le moment.

- Rappelle-moi de ne plus jamais jouer aux fléchettes à Ector.

- Plus ja... ?

- Plus jamais.

Sa fléchette s'échappe, au-dessus des tables libérées et vient se planter plus haut que je n'avais visé, mais quand même sur la cible, juste à l'intérieur de la boucle du zéro du 20.

- Il a fendu le métal !

Ce refrain fait écho partout entre la bouche bée de Barkus et les sourcils montants de Grippy.

- Il a fait sa propre boucle ! Bien joué !

Quelques personnes s'approchent pour voir par eux-mêmes.

Le visage vert et blafard de Grippy devient de plus en plus blafard. Il exhale un juron inintelligible en langage gobelin.

Je doute que Grippy puisse caler une fléchette dans le métal comme ça, pas avec sa volée légère de femmelette. Et quand on joue au Loops and Bumpers, il faut mettre sa fléchette dans la même section que son adversaire.

L'assemblée se retourne vers Griphurk. Quelques-uns essaient de se reculer encore plus, surtout ceux qui sont les plus proches de la cible.

Griphurk laisse retomber ses sourcils et lève son autre main. Un autre jeu de fléchettes. Pas celles de Barkus. Et le savoir-faire est indéniable. Elles ont des plumes plus épaisses et une tige d'acier plus longue. Les pointes sont acérées.

La grimace de Grippy tourne au vice en les regardant. Il en choisit une à l'empennage de plumes de faucon marron et crème, il se retourne et la lance plus fort que je ne l'aie jamais vu lancer. Ca n'est pas une volée d'auberge, c'est une volée de chasse, et la précision d'exécution ne perd rien malgré la force. Je frissonne en l'imaginant esquivant les arbres en tête de course dans un raid nocturne.

La fléchette pilonne celle de Magnus, défrichant les plumes déjà endommagées et secouant la fléchette de Magnus avant de se loger dans la cible. Ce n'est pas une volée gagnante, pas à moins que la fléchette de Magnus ne tombe. Mais elle tient le coup. Seules les plumes tombent vers le sol.

Griphurk fronce des sourcils.

- Tu veux pas qu'on s'fasse la belle ?

La main de Magnus tressaute sur son épée, et sa réponse est nette et claire :

- Une autre fois.

Griphurk le remarque aussi. La colère s'estompe de son visage en considérant l'arme endommagée mais puissante de Magnus.

- Bon, ben, BONNE PARTIE, mon vieux !

Griphurk se recule et jette une autre fléchette de chasse qui vient se flanquer à côté de la volée gagnante de Magnus comme un garde d'honneur. Enfilant un capuchon gris, il tape Magnus sur son épaule indemne et quitte le bar à grandes enjambées, un air de stupéfaction sur son visage d'ordinaire roublard.

Un silence de mort s'abat sur la pièce.

- Bonne partie, l'interpelle Magnus.

Je ne vais certainement pas attendre ici une minute de plus. Je fais bouger Magnus avant que qui que ce soit ne nous lance un défi.

- Va régler les comptes avec Pétri, dis-je à Lucinda, n'oubliant pas un instant l'argent.

Entre les mises de Tom-le-Pâle, de Griphurk et de tous les idiots qui ont parié contre lui, Magnus a probablement assez pour s'acheter sa propre boutique de confection. Ou deux. Et personne ne niera qu'il l'a bien mérité.

- Et paye quelques tournées pour la maisonnée.

Elle hoche la tête d'un air entendu. On préfèrerait autant l'un que l'autre que les rues soient vides jusqu'à ce que nous soyons rentrés. Je ne dis rien au sujet du cheval. Barkus connaît son affaire, même les côtés honnêtes.

- Des boissons sans alcool, spécifie Magnus.

- Sans alcool, elle assure, en me faisant un clin d'œil.

Aucune chance. Avant que qui que soit ne prenne une idée derrière la tête, on veut qu'ils soient tous bourrés.

Elle s'en va faire les comptes avec Pétri. J'ai la nette impression qu'elle sera au seuil de ma maison à la première heure demain pour demander des nouvelles de Palaïdus, si ce n'est pas plus tôt.

Alors que nous sommes à nouveau sous la pluie, Magnus parle.

- Théo, est-ce que tu es tombé sur le pauvre Tom depuis le plafond ?

- Ouais.

- C'est ce que je pensais.

Nous pataugeons dans les flaques sur les pavés gris. Il s'appuie lourdement sur mon épaule.

- Merci, dit-il.

Nous pataugeons encore.

- Je commence à me poser des questions sur toi, ajoute-t-il après un long silence.

- T'as raison. Je suis compliqué.

- Je commence à voir ça.

- Tu vas écrire ça dans ton journal, je lui réponds en blaguant.

- Je n'ai plus d'encre.

- Je t'en prêterai. La meilleure qu'on ne puisse pas acheter.

Il grogne, trop fatigué pour continuer à parler et nous écoutons la pluie chanter de nouveaux départs sur les pavés.

Chère lectrice, cher lecteur,

J'espère que vous avez apprécié LES FLÉCHETTES!
N'hésitez pas à le chroniquer en ligne et à le partager
avec vos amis, votre famille et les bibliothécaires de
votre région.

La suite, Les Anneaux, est encore meilleure. Rejoignez
Théo, Magnus et Lucinda alors qu'ils comprennent à
quel point ils sont dans le pétrin.

Benjamin K Hewett

A PROPOS DE L'AUTEUR

Benjamin K. Hewett est un Analyste de Programme à la NASA qui vit à Houston et court après les chiffres pour gagner sa vie, bien qu'il se débrouille bien à l'écriture aussi. A l'école supérieure, il a remporté la troisième place au concours de nouvelles « Mayhew » et continue d'écrire des nouvelles, parmi des projets de romans plus importants. Ben aime aussi jouer avec ses trois enfants, être entraineur de foot et jongler avec le feu. Il a une Licence de français et un Mastère d'Administration Publique, obtenus tous les deux à BYU. Pour en savoir plus sur les sorties prochaines, **inscrivez-vous** au bulletin mensuel ou bien suivez le blog a **BKHE-WETT.COM**.

A PROPOS DE L'ILLUSTRATRICE

 Marta Maszkiewicz est une artiste basée à Varsovie spécialisée dans le genre fantastique et les contes de fées. Elle crée des illustrations pour des livres, des publicités et des jeux vidéo. Quand elle ne travaille pas, elle lit, s'adonne au gaming, à la danse folklorique indienne ou répond aux exigences de son chat. Marta a aussi un diplôme d'architecture qu'elle évite soigneusement d'utiliser.